한국 희곡 명작선 03

인생 오후 그리고 꿈(원제 : 르노아르의 무도)

한국 희곡 명작선 03

인생 오후 그리고 꿈

(원제 : 르노아르의 무도)

김수미

평민사

김숭기

인생 오후 그리고 꿈 ｜ 원제 ｜ 르누아르의 무도

등장인물

〈인생 오후를 사는 인물〉
황옥진 (여) / 하대수 (남) / 김구력 (남) / 박기출 (남)
장강호 (남) / 이경식 (여) / 여순례 (여) / 민복자 (여)

강지아 : (33세, 여) 연출.
박정인 : (38세, 여) 박기출의 딸.
손태준 : (40세, 남) 황옥진이 사십 년을 기다리며 사랑한 남자
의 아들

무대

오래전 문을 닫은 극장.
무대 소품이 아무렇게나 방치되어 있는 무대.
전체적으로 투박하고 허름한 분위기이다.

1. 공연 78일전

강지아, 조심스럽게 극장을 들어선다.
시간만큼이나 쌓인 먼지가 안개처럼 강지아의 시선을 가린다.
음산한 분위기다.

강지아 계세요? 안 계세요?

강지아의 질문에 대답 없는 고요함. 음산한 기운까지 느껴진다.
강지아, 휴대전화를 꺼내 거는데, 그녀의 뒤로 다가서는 누군가…

강지아 (전화를 걸며) 아무도 없는데… 잘 찾아왔어… 이런 곳에서 공연이나 할 수 있을런지… (하며 돌아서는데 헝클어진 백발의 머리를 한 황옥진이 서 있다. 그로테스크하다) 헉!… 사람 맞아요?…
황옥진 너는 사람이냐?

황옥진, 들고 있던 빗자루로 다시 청소를 시작한다.

강지아 무슨 일은… 전화할게… 그래, 알았어. (전화를 끊고는) 저 혹시…

황옥진 맞어. 연출하러 왔지?

강지아 통장은 확인했어요.

황옥진 (무대를 치우며) 늙은이 힘쓰는 거 안보여? 돈 받았으면, 일 좀 하지.

강지아 연출하러 온…

황옥진 그래서? 이거 나 혼자 다 치우라고?

강지아 아니, 그게…

황옥진 힘 딸려. 들어. 들라고.

강지아, 황옥진과 널브러져 있던 무대 소품을 옮긴다.

황옥진 약속 시간 맞춰 왔나?

강지아 네.

황옥진 그럼 곧 오겠네. 서둘러.

강지아 누가요?

황옥진 공연을 하려면 배우가 있어야 할 거 아니야. 오디션 보러 올 거야. 연출 처음인가? 경력을 속인 건 아니겠지?

강지아 상황이… 제가 아는 정보가 없어서요. 아마추어 분들이 연극을 한편 올릴 건데 연출을 구한다고 해서 왔어요.

황옥진 보수는 이미 통장으로 받았고.

강지아 네.

황옥진 보수는 마음에 들었겠지?

강지아 … 그건…

황옥진 돈 얘기 껄끄러워? 그래도 맘에 안 들었으면 안 왔을 거 아니야?

강지아 네.

황옥진 그럼 된 거잖아. 뭐가 더 있어야 하나?

강지아 저는 할머니가 누군지도 모르고…

황옥진 말은 입만 있어도 되는 거잖어. 몸은 좀 움직이지. 사람들 온다는 소리 못 들었어?

강지아 그러니까 제 말은…

황옥진 할머니 말고 다른 거 찾아봐. 갖다 붙이긴 쉬워도 듣는 사람은 별로야.

강지아 뭐라고 불러 드려요?

황옥진 상상력 참 빈곤하다. 예술 하기 힘들었겠다, 그 머리로.

황옥진, 먼지를 털다 '캑캑' 거린다.

황옥진 먼지만큼 무서운 것도 없어. 가리지 않고 내려앉지. 이래서 뭐든 멈추면 안 돼.

강지아, 여전히 나무처럼 서 있다.

황옥진 먼지 끼기 싫으면 움직이라고… 이해력도 부족한 거야?

강지아, 청소를 시작한다. 내키진 않지만…

황옥진 자네, 선배 소개로 여기 왔지? 그놈이 내 조카야. 왜 그
놈한테 연출을 부탁하지 않았냐고? 집안 식구끼리 하
는 건 정말 아마추어 같잖아. 그리고 내가 그놈 작품을
별로 안 좋아해. 뭐가 그렇게 불만이 많은지. 국가고,
사회고, 인간이고 다 때려 부수고 죽이자 덤비잖아. 맘
에 안 들어. 저는 얼마나 완벽해서. 이쯤에서 눈치 챘겠
지만, 자네한테 돈을 지불한 것도 나고, 극장을 빌린 것
도 나야. 이런 경우를 제작자라고 하지?

강지아 제 작품은 보셨어요?

황옥진 물론. '관계'였지 제목이… 괜찮았어. 사람들은 태어나
는 순간부터 관계를 맺어야 한다. 그래야 사람들 사이
에서 살아갈 수 있으니까. 사랑의 번잡함에 울고 웃고
그렇게 시간을 보내다, 죽는다. 마음에 들더군.

강지아 연극 좋아하시나 봐요.

황옥진 늙은이 입에서 나온 말치곤 꽤 쓸 만했던 모양이지? 자
네보다 책은 더 많이 읽었을 걸, 인생도 더 살았고.

강지아 절 가르칠 생각이라면 돈 돌려드릴게요. 그만 두겠어
요.

황옥진 요즘 젊은 친구들이 누가 나이 든 사람한테 배우나. 그
게 인생이든 뭐든 간에… 인터넷으로 배우면 배웠지.
난 그런 의미 없는 일에 힘 빼는 거 싫어해. 그리고 나,

할머니 아니야. 황옥진, 내 이름이구. 배우야. 물론 처음이구. 얼추 정리 된 거 같지?

강지아 네. 그러네요.

황옥진 잘 부탁해. 나한텐 중요한 공연이야.

강지아 … 네.

황옥진 원래 생각 많아? 아니면 요즘 심경이 복잡한가?

강지아 네?

황옥진 대답하는데 시간이 많이 걸리길래… 거울 좀 봐야겠지?

황옥진, 가방을 찾아 손거울을 꺼낸다.

강지아 어떤 작품을 공연하면 좋을 까 생각해 봤는데요.

황옥진 세상에… 몰골이 이게 뭐야. 나라도 놀랬겠네. 아까는 기분이 나빠서 첫 말이 좋게 안 나갔어.

강지아 사과 안하셔도 되요.

황옥진 미안하다는 말 안했는데…

강지아 …

황옥진 하나 더 일러두지. 성격 좋다는 소리 못 듣고 살았어, 이 나이까지…

강지아 네, 그러신 거 같네요.

황옥진 (화장을 고치며) 솔직한 건 마음에 드네. 작품이 사람을 닮았었군. 우리 때는 좋아도 숨기고, 싫어도 숨기고 뭘 그리 숨겨야 했는지…

강지아 작품은…

황옥진 내숭 알지? 좋게 말해 부끄럼이지. 머리 쓰고, 계산한 거지. 세상 제일 무서운 게 남들 이목이었으니까.

강지아 고전 중에서…

황옥진 왜 그러고 살았나 몰라. 생각하면 안쓰러.

강지아 저 말해도 돼요?

황옥진 하면 되지, 그걸 왜 물어?

강지아 틈이 있어야 저도 말을 하죠.

황옥진 늙어서 말만 많다고 생각하는 거지? 말할 상대가 점점 주니까 누구라도 입 맞출 사람 만나면 좋아서 그래.

강지아 고전 중에서 골라 봤어요. (가방에서 대본을 꺼내며) 여기 대본…

황옥진 춘향전.

강지아 연세 있으신 분들은 다들 좋아하세요.

황옥진 나는 싫어. 지고지순, 주구장창 기다리는 거 별로야.

강지아 왔잖아요.

황옥진 요즘 젊은 친구들은 그러고 안 살잖아. 나는 살아봐서 더 싫어. 같이 갔어야지. 왔으면 미안하다 속죄하는 게 먼저고. 간은 왜 봐. '어사또 명령도 거역할 테냐?' 하고 춘향이에게 묻는 대목 있지? 난 그 부분이 딱 싫어.

강지아 다른 거 하죠. 흥부놀부나… 심청전이나… 심청이가 좀 그런가…

황옥진 작품 정했어. '한여름 밤의 꿈' 할 거야. 세익스피어

꺼. 경력에 보니까 해봤던 작품이던데…

강지아　그걸 직접하신다구요?

황옥진　오디션을 보러 오는 배우들도 모두 내 나이와 비슷할 거야. (신문 광고를 내밀며) 자격 조건을 그렇게 달았거든.

강지아　(신문을 받아 보며) 전문 배우는 사양하신다고 적으셨네요.

황옥진　내가 전문 배우들 사이에서 연기 한다고 생각해봐. 얼마나 어색하겠나.

강지아　우리 고전으로 하세요. 연세 있으신 분들 좋아해요. 아는 이야기라 이해도 빠르고… '한여름 밤의 꿈', 대사 많아서 못 외우세요. 말도 낯설고요. 무시하는 게 아니라 현실적으로 생각하시란 얘기예요.

황옥진　그러니 자네가… 아니, 지금부터는 연출선생이라고 하지. 정확한 역할이 주어진다는 건 일하는 동기가 될 수 있으니까. 연출 선생이 손 좀 봐. 할 수 있게끔… 난 이 작품 반드시 해야 돼.

강지아　셰익스피어가 누군지 모르는 분도 있을 걸요.

황옥진　꼭 알아야 하나? 필요하다면 연출 선생이 가르쳐 주면 되고…

강지아　상식적인 선택을 하시면…

황옥진　'허미어'는 내가 맡을 배역이야. 오디션 보면서 참고해 주길 바래.

강지아   할 수 있는 걸 하는 게 순리에요.

황옥진   연출 선생 나이가…

강지아   서른셋이요.

황옥진   타협을 너무 빨리 배웠군. 그런 경험 없었나? 하지 말
아야 하는 줄 알면서도 하게 되는… 해야 하는… 통과
의례도 좋고, 숙제도 좋고, 운명의 장난이라든지…

강지아   …

황옥진   단 한번도…?

강지아   ….

황옥진   쉬운 인생은 아니었나 보네, 대답 못하는 거 보니까…

강지아   공연 하나 올리는 건데… 너무 거창한 질문을 던지시네
요.

황옥진   직접 만든 연극은 꽤나 진지하던데, 거짓말 친 거야?

강지아   무대는 불가능한 게 가능할 수도 있지만, 현실에선 불
가능한 건, 그냥 불가능 한 거예요.

황옥진   그러니까. 여기… 극장에서는 가능하다는 얘기잖아.

강지아, 짧은 한숨을 뱉고는 대답대신 의자를 끌어다 앉는다.

강지아   오디션은 볼 수 있는 거예요? 아무도 안 오는데…

황옥진   올 거야. 난 그렇게 믿어.

강지아   요즘 신문을 누가 봐요.

황옥진   그래서 거기다 낸 거야. 노인네들이니까… 시간 보내기

에 신문만한 게 없거든. 습관은 무서워. 우리 나이는 신문을 봐야 세상 돌아가는 걸 알지. 연출 선생은 다르지?

강지아   인터넷으로 보죠. 빠르고 편해요.

황옥진   나이 먹은 사람들 죽고 나면 신문 읽은 사람도 줄 거야.

강지아, 연신 시계를 확인하고는 잠시의 기다림을 참지 못하고…

강지아   다른 방법을 찾죠. 아무도 안 오는데…

황옥진   기다려봐.

강지아   기다린다고 오나요?

황옥진   얼마나 지났다고… 난 몇 십 년도 기다리고 있는 게 있어.

강지아   그건 안 오는 거예요.

황옥진   그러면 얼마나 좋아. 그런데 오더라고… 와.

강지아   그런 게 있어요?

황옥진   한두 번쯤 기다림이 배반을 했다고 부정하는 건 옳지 않아. 시간에 인색하게 굴지 말어. 버릇되면 사람한테도 그래. 꼴사나워 지는 거 순식간이야.

황옥진, 돋보기를 꺼내 쓰고 책을 꺼낸다.

강지아 공연까지 석 달도 안 남았죠. 정확히…

황옥진 안 된다는 말할 거면 꺼내지도 말어. 들어 줄 기운 없어.

강지아 그러니까요. 체력적으로도…

황옥진 … (고통을 참으려는 듯 입을 앙다문다)

강지아 괜찮으세요?

황옥진 (여전히 시선은 책에 두고) 조용한 거 못 견디는 성격이야? 나가서 담배라도 한 대하고 오던가.

강지아 담배 피는 거 어떻게 아셨어요? 선배가 얘기했어요? 또 뭐라던가요?

황옥진 늙었다고 냄새도 못 맡는 줄 알아?

강지아, 자기 몸에 밴 냄새를 맡는다.

황옥진 아직은 제 기능 다하고 살아. 몇 군데 삐걱대긴 하지만…

강지아 그럴게요. (나가려다 말고) 약속 된 연습시간 끝나면 갈 거예요.

황옥진, 말없이 책에서 시선을 떼지 않는다.

강지아 분명히 말씀 드렸어요.

황옥진 …

강지아 어디 안 좋으세요?

황옥진 시끄러워서 그래.

강지아, 못 마땅해 나간다.

황옥진, 고통을 참기위해 앙다물었던 입에서 '헉' 하고 고통의 신음소리를 토해낸다. 가방을 뒤져 약을 꺼내먹는다. 잠시 그렇게 온 몸을 닫은 채, 약의 효과가 온 몸으로 퍼지길 기다린다.

정장을 차려입은 하대수가 들어온다.

하대수 실례합니다.

황옥진 …

하대수 여기서 오디션을 본다는 광고를 보고… 제가 늦었나요?

황옥진 (심호흡을 크게 하고는) 아닙니다. (일어서며) 아직 시작도 안했어요.

하대수 다행입니다. 쉽지 않은 걸음이라…

황옥진 우리 나이가 그렇죠. 망설이는 거 당연합니다. 그래도 오셨잖아요.

하대수 그러게요. 다른 분들은…?

황옥진 올 겁니다. 앉으세요.

하대수 오디션 보셨어요?

황옥진 전 이미 배역이 정해졌습니다.

하대수, 의자에 앉으며…

하대수 그래요? 뭘 하라 그러던가요? 난 보여줄게… (주머니에
서 종이를 꺼내며) 시를 써 왔는데…

황옥진 연출 선생이 곧 올 겁니다.

하대수 작품이 마음에 들더군요. 하고 싶다는 마음이 들어서…
용기 내는데 도움이 됐습니다.

황옥진 다행입니다.

강지아 (무대 밖에서) 이쪽으로 오세요.

강지아를 따라 여순례는 다소 소박한 복장으로 민복자는 요
란한 의상을 입고 들어온다.

황옥진 어서 오세요.

민복자 우리가 처음이라더니…

강지아 그러게요.

황옥진 (하대수에게) 이 친구가 연출 선생입니다.

민복자 그래요? (강지아에게) 귀띔이라도 해주지. 정식으로 인사
하리다. 민복자요.

여순례 난 여순례고… 우린 왈츠를 출 거요. 문화센터에서 배
운 실력이지만 꽤 괜찮다는 평판을 듣죠.

민복자 여자 둘이 추는 거라 어떨 진 모르겠지만… 지금 하면
되나?

하대수 하대수요.

강지아 네, 안녕하세요.

민복자 (황옥진에게) 그 쪽은 소개 안 해요? 연출 선생님이랑 잘 아는 사인가?

황옥진 황옥진이라고 해요. 광고 낸 사람이 접니다. 반갑습니다.

민복자 반갑네요.

여순례 이젠 뭘 해야 하나…?

강지아 글쎄요.

하대수 연기가 안 되면 떨어지기도 하나?

강지아 그런 일은 없을 거 같은 데요. 여기 오신 분으로도 공연이 힘드니까요.

강지아, 황옥진을 본다.

강지아 이젠 뭘 하죠? 계속 기다릴까요?

황옥진 오디션을 보기로 했으니 봐야지. 준비한 것도 있다잖아. 어떤 설명보다 배우를 아는 데 도움이 될 거 같은 데… 그래야 배역 정하는데 수월하지 않을까 싶은데, 연출선생 생각은 어떤지…

강지아 정말 계속 하실 거예요? 저야 돈 받고 하는 일이니 손해 볼 거 없지만… 저라면 여기서 그만 두겠어요.

여순례 (황옥진에게) 공연 못해요?

민복자　상황이 그렇게 돌아가는 거 같구만. 미용실 들려 머리까지 하고 왔는데… 딸년이 괜한 짓이다 말릴 때 말 들을 걸. 집에 가서 뭐라하나.

황옥진　공연 올라갑니다. 연출 선생은 안하지만 나는 해. 배우가 모자르면 모으면 되지.

민복자　그럼 되겠네. 내가 다니는 문화센타에도 할 만한 친구 몇 있는데…

하대수　나부터 하리다.

　　　　모두의 시선이 하대수를 향하면 하대수 그들 앞으로 나선다.

하대수　먼저 하면 배역도 좋은 거 줄 거 아니요.

　　　　하대수, 주머니에서 시집을 꺼낸다.

하대수　'폴 오스터'의 시를 하나 읽으리다.
　　　　〈추위 속에 떠오른 단상〉
　　　　우리와 함께 세상 밖으로 나선
　　　　한낮에 우리가 눈먼 채 나섰기에,
　　　　우리가 내쉰 숨이
　　　　대기의 거울을 흐리게 하는 것을 보았기에,

　　　　김구력, 장강호, 이경식, 들어온다.

장강호   여기가 배우 뽑는데 맞습니까?

황옥진   어서 오세요. 인사는 나중에 하죠. 이분이 시를 읽고 계시는 중이라..

장강호   아, 오디션 보는 중이였군. 난 아코디언을 준비했어요.

하대수   좀 앉아요. 끝까지 읽게…

장강호   그러긴 하겠수만, 거 말본새가 참…

김구력   앉읍시다. 늦게 와서 방해하는 건 경우가 아니지 싶소.

김구력이 자리에 앉고 이경식도 자리를 잡으면 장강호도 도리 없이 자리에 앉는다. 모두 자리에 앉으면 하대수 다시 시를 읽는다.

하대수   대기에 눈은 오로지… 이거 영, 처음부터 다시 읽으리다 중간에 끊어지니까 영 맛이 안나네.

민복자   그냥 읽어요. 뭔 말인지도 모르겠드만… 폴이 누구야?

하대수   '폴 오스카' 를 몰라요?

민복자   몰라요. 왜요? 내 서방 이름도 가물가물한데 꼬부랑 이름을 알게 뭐야.

하대수   이런… (말을 하려다 만다)

민복자   이런 뭐요? 밥 안 먹고 왔어요? 말을 왜 먹어요? 기분 나쁘게…

장강호   저 양반 말본새가…

하대수   뭐야?

분위기가 험악해지자 강지아가 나선다.

강지아　잠시만요. 준비하신 거니까 끝까지 듣는 걸로 하죠.

하대수　예술 하는 사람이라면 싫어하기가 좋아하기보다 더 힘
　　　　　든 작가라고 생각하는데… 폴 오스카. 설마 모르는 건
　　　　　아닐 테지…?

강지아　광고에도 나갔는데 공연할 작품 중에서 대사를 골라 보
　　　　　시지 그러셨어요?

하대수　시 한 편 읽기도 힘든 세상이군.

황옥진　덕분에 좋아하는 시가 어떤 건지 알게 됐네요. 그거로
　　　　　도 의미가 있다고 봅니다. 저는 더 듣고 싶은데…

하대수　뭐 좀 아시네. 뒷부분이 중요합니다. 절정이죠.

　　　　　(책을 덮고 감정을 최대한 실어 읽는다)

　　　　　대기의 눈은 오로지
　　　　　우리가 거주하는 단어에만
　　　　　눈을 뜨겠지 : 겨울은
　　　　　무르익음의
　　　　　장소가 되겠지.

　　　　　우리는 현재의 삶이 아닌
　　　　　다른 삶 속의 죽은 자가 되겠지.

　　　　　잠시 고요한 침묵이 흐른다.

이경식, 뜨겁게 박수를 친다.

다른 사람들도 따라서 박수를 친다.

이경식 (눈물까지 글썽이며) 좋으네. 우리는 현재 삶이 아닌.. 다른 삶 속에서 죽은 자가 된다. 제목이 뭡니까?

하대수 '추위 속에 떠오른 단상' 입니다.

여순례 진짜 배우 같네요.

하대수 (웃으며) 그랬습니까?

강지아 좋아요. 다음은 어느 분이 하실 거죠?

김구력 난… 사실… 준비한 게 없어서… 별다른 재주도 없고…

황옥진 어차피 우리 모두가 처음인걸요. 상관없지 않나요, 연출선생?

강지아 그렇겠죠.

황옥진 그런데 왜 아무 말도 안하고 있어요?

강지아 아… 괜찮아요. 우린 연극을 하기 위해 모였구요… 연극은 누구든 할 수 있어요. 거기다 우리한테 두 달이 넘는 연습기간이 있죠.

황옥진 정확히 78일이나 되죠.

강지아 맞아요.

황옥진 엄청난 일을 해낼 수 있는 시간이죠.

김구력 정말이지, 오랜만에 듣는 기분 좋은 말이군요. (악수를 청하며) 고마워요, 연출선생.

강지아, 어색한 웃음을 지으며 김구력의 손을 잡는다.

김구력   열심히 하리다.

강지아   네… 오디션 계속할까요?

민복자   이번엔 우리 차례예요.

민복자, 가방에서 CD를 꺼내는데…

강지아   죄송해요. 오디오가 아직 준비가 안 되서…

여순례   음악 없이 추긴…

장강호   내가 곡을 깔아 드리리다. 어떤 곡을 원하십니까?

민복자   그쪽 정말 맘에 드는군.

장강호, 아코디언 연주를 시작하는데…
박기출, 조심스럽게 극장으로 들어선다.

박기출   실례합니다.

모두의 시선이 박기출을 본다.

강지아   어서 오세요.

박기출   난… 저… 이렇게 사람들이 많을 줄은 모르고…

강지아   잘 오셨습니다.

박기출   난 그러니까…

황옥진   민망해 하실 거 없어요. 여기 있는 사람 모두 처음인 걸요. 앉으세요. 앉아서 저 분들 준비해 오신 거 보자구요. 참 재미질 거 같아요.

민복자   그만 서성이고 앉으세요. 그래야 시작할 거 아닙니까.

박기출   아니, 난 다른 일로…

여순례   같이 하세요. 우리 나이에 다른 일 하는 게 얼마나 짜릿한지 경험해 보시라고요.

박기출, 강지아의 손에 이끌려 자리에 앉는다.

장강호   자, 시작 합니다.

아코디언 연주가 시작되면 민복자와 여순례, 왈츠를 춘다.
그들의 춤이 흐르는 사이 서서히 암전.

2. 공연 69일전

황옥진, 하대수, 박기출, 이경식, 예순례, 민복자, 돋보기를 쓰고 대본을 읽고 있다. 연극이 처음인 그들에겐 읽어 내려가는 것도 수월치 않다.

떠듬떠듬 서툴게 그렇지만 최선을 다해 읽는다. 그리고… 즐거워한다.

(이 작품에서 인용하고 있는 셰익스피어의 '한 여름밤의 꿈' 대본은 신정옥 선생님이 변역한 책을 참고로 했습니다)

하대수　(디슈스 역) 아름다운 히펄리터, 이제 우리들의 혼례식도 눈앞에 다가왔구려. 나흘만 지나면 새달의 초승달 밤이 되오. 하지만 아, 이지러져가는 달님의 걸음은 왜 이리도 더딜까! 마치 계모나 과부된 어머니가 오래 살면서 젊은이에 대한 유산의 상속을 늦추고 재산을 축내듯 내 소망의 실현을 늦추는 것만 같소.

이경식　(히펄리터 역) 나흘의 낮은 눈 깜짝 할 사이에 밤의 어둠으로 흘러가고, 나흘 밤도 꿈같이 바로 사라질 거예요. 그러면 힘껏 당기어진 은빛 활 같은 초승달이 하늘에 떠서 우리들의 엄숙한 혼례식을 지켜볼 거예요.

잠시, 침묵이 흐른다.

이경식 누구라도 읽으소.

박기출 똑같이 '디슈스'라고 되어 있는데… 한 사람이 읽어야 하는 거 아닌가?

이경식 연출선상이 순서대로 읽으라대요. 하라는 대로 하면 될 거를…

박기출 역할에 맞춰서 읽어야 되는 거지. 무작정 읽으면 되나…

이경식 생각이 있어 그러겠지요.

황옥진 쭉 읽다보면 우리가 할 작품이 뭔 얘긴가 알아지지 않겠어요. 아직 배역이 정해진 것도 아니고… 이 사람, 저 사람 읽다보면 누가 어떤 인물인지 알아지기도 할 테고…

여순례 듣고 보니 그러네. 혼자 읽자 했더니 한 장도 못 넘기겠더라고.

민복자 (거울을 꺼내보며) 난 뭘 시켜 줄래나…? 젊은 아가씨 역이었으면 좋겠는데…

이경식 연출선상 오면 알겠지. 오늘 정한다고 했잖아요. 다음 사람 언능 읽읍시다.

민복자 싹둑싹둑… 남에 말 잘라 먹으면 맛있수?

이경식 연습하자 모였으니 연습하자는데 내 말 틀렸나?

민복자, 이경식 쪽으로 향수를 뿌린다.

이경식 뭐하는 기라? 어휴, 독해라.

민복자 구린내보다야 화장품 냄새가 낫지 뭘 그래.

이경식 내 몸에서 구린내가 난다고?

민복자 늙으면 다 나요.

이경식 그 나이 먹도록 예의도 안 배우고 뭘 했나 몰라.

장강호, 그들에게로 오며…

장강호 좋은 냄새 납니다.

민복자 그죠?

이경식 좋기는. 머리만 아프구만…

장강호 여자한테서는 자고로 분 냄새가 나야지.

민복자 뭘 좀 아시네.

장강호 그 나이에 주름하나 없이… 캬… 감탄사가 절로 나옵니다.

이경식 바람 든 풍선 모냥 빵 터지게 생겼구만도… 그리고 바늘 찔러대다가 사단이 나야 정신이 들지.

민복자 연구하나봐. 사람 신경 거슬리게 하려면 어떻게 말해야 하나… 정말 마음에 안 들어.

이경식 누군 드나.

하대수 (장강호에게) 화장실 너무 자주 가는 거 아니야? 아무래도 그 쪽에 문제 있는 거 같은데 병원에 가보지.

장강호 가긴 누가 자주 간다고. 나 끄떡없어요. 맘만 먹으면 하룻밤에도 두세 번도 너끈합니다.

민복자 (깔깔거리며) 말씀도 차림만큼이나 센스 있으시네.

장강호 제 별명이 스카프 장입니다. 멋 좀 안다는 사람이면 요 정도는 해줘야 폼이 사는 거거든요. (하대수에게 들으라는 듯) 화장실에 소피만 보러 가는 사람하고는 격이 다르지요. 거울도 좀 보고, 손도 씻고 옷 태도 바로잡고, 할 게 얼마나 많은데… (헛기침을 하고는) 그 양반은 아직도 안 왔어요?

박기출 그러게 말입니다. 매번 늦네요.

장강호 이것도 약속인데 이러면 곤란하지. 이러다 공연 하는 날도 늦을라.

여순례 (황옥진에게) 묻고 싶은 거 있는데…

황옥진 뭘…?

여순례 돈이 있으니까 그러겠지만… 자기 돈 들여 노인네들 데리고 연극을 한다는 게… 나라면 안 할 거 같은데…

민복자 너나 나나, 우리야 없으니까 못하는 거지. 나는 좋기만 하다. 덕분에 내가 배우를 해보잖니. 못해보고 죽을 줄 알았는데… 내 꿈이 배우였다우.

황옥진 보여 주고 싶은 사람이 있어서 그래요.

박기출 누구요? 자식들이요?

황옥진 아닙니다. 보러는 오겠지만 내가 보여주고 싶은 사람은 아니에요.

장강호 만나는 사람 있습니까?

황옥진 그런 거 아니에요.

장강호 그럼, 옛 사람이겠네. 맞지요?

황옥진, 소리 없는 웃음으로 답을 대신한다.

장강호 맞네. 멋집니다. 청춘이 지나갔다고 열정이 사라지는 건 아니니까, 세상이 늙은이의 뜨거운 가슴을 보려고 하지 않아 그렇지 심장이 펄떡펄떡 뛰면 그것도 펄떡펄떡 뛰는 거지.

민복자. 소리내 웃는다.

황옥진 젊은 날 본 것이 이해가 되는 나이가 된 거지요. 인생이 한여름 밤의 꿈과 같잖아요.

여순례 그렇네요. 한숨 자고 일어 난 거 같은데 인생 다 갔죠, 뭐. 오죽 달아요. 여름날 대청마루에서 깜빡 한 숨 자는 게… '한 여름 밤의 꿈'. 꿈 꾸는 거 맞네요. 좋은 꿈이었든 나쁜 꿈이었든…

민복자 나는 지금도 꿈꾸고 있는 거 같더라. 자고 일어나면 한 번씩 골똘히 생각할 때가 있어. 이게 꿈인가 생시인가.

박기출 이거 우리 나이가 해야 하는 이야기 맞네요. 맞춤입니다.

하대수   오랜만에 좋은 꿈, 꾸는 기분입니다.

강지아, 제본된 대본을 들고 그들에게로 온다.

강지아   따끈따끈한 대본 나왔습니다.

민복자   기대된다.

장강호   배역도 정했나?

강지아   네. 한 권씩들 받으세요. (대본을 나눠주고는) 김구력 할
아버님 안 오셨어요?

박기출   늦기는 해도 오기는 하잖아. 오겠지.

강지아   매번 이러시면 곤란한데…

하대수   우리가 연습하던 거랑은 많이 다르네.

강지아   내용은 같은데요. 많이 줄였어요.

여순례   기억력 없는 노인네들 배려 한 거구만…

강지아   어쨌든 대본들 받으셨으니까 배역 발표할게요. 황옥진
님은 허미어를 해주시구요. 하대수님은 디미트리어
스…

하대수   (대본을 뒤지며) 디미… 디미티리가 허미어랑 사랑하는
사이던가?

강지아   아니요. 처음에 허미어와 결혼하려고 하는 건 맞는데
요.

하대수   아… 헬러너가 나중에 사랑하게 되지. 라이… 뭐랑 자

꾸 헷갈려서…

장강호　그놈 아무래도 여자 집안에 돈 때문에 결혼한다고 한 거 같아. 사랑이었으면 그렇게 쉽게 변할 수 있을까…

강지아　작품 분석 많이 하셨나 봐요. 계속 발표할게요. 라이샌 더는 김구력님.

이경식　맨날 늦는데 연습이 될까?

강지아　다음은… 이 작품에서 가장 중요한 퍼크 역에는 장강호님.

장강호　좋았어. 나도 그거 하고 싶었는데… 내가 장난질을 좋아하거든. 역시 연출선생, 보는 눈이 남다르구만.

강지아　헬리너는 민복자님.

민복자　헬리너?

하대수　나 짝사랑하다가 나중에 나랑 이루어지는 아가씨.

민복자　내 인생에서 사랑은 끝난 줄 알았는데… 제대로 해봅시다.

하대수　짝사랑인데…

민복자　어쨌든 이루어지잖아요. 중요한 건 그 거지.

강지아　중요 배역은 여섯 개가 남았는데 배우 분은 세분이라 한 분이 두 역할씩 해 주셔야 되요. 박기출님은 허미어 아버지랑 퍼크의 장난으로 당나귀로 변하는 역이요. 그리고 한 분은 디슈스 공작과 요정의 왕 오우버런을 맡아 주시고, 또 한분은 디슈스의 약혼녀와 요정의 여왕을 맡아주셔야 하는데…

황옥진 두 사람 다 여자라서 어쩌나…

강지아 한 분이 남자 역할을 해주셔야 돼요. 이경식님.

이경식 나보고 남잘 하라고?

민복자 잘 됐네. 화장품 냄새도 싫다면서…

이경식 그거랑 무슨 관계라.

강지아 많이 생각하고 결정한 거예요.

이경식 사람들이 웃을 긴데…

강지아 연극은 누구든 될 수 있고, 뭐든 할 수 있어요. 그래서 재밌죠. 디슈스가 웃음거리가 된다면 그건 작품 탓이지 한 명의 배우 탓이 아니에요.

김구력, 들어오며…

김구력 늦었네요. 미안합니다.

강지아 어서 오세요. 시간 맞춰 잘 오셨어요. 여기 대본 받으세요. 배역도 정했어요. 라이샌더세요. 아시죠? 허미어와 사랑을 하는… 제 말 들으셨어요?

김구력 그럼…

강지아 뭐랬는데요?

김구력 어… 내가 급히 오느라 정신이… 뭐랬어?

강지아 매번 느끼는 건데 귀가 잘 안 들리시죠?

김구력 그게…

황옥진 나이 먹으면 기능이 떨어지지. 여기 안 그런 사람 있어요?

민복자　그지… 무르팍도 욱신거리고…

이경식　인천 쪽에 침 잘 놓는 한약방 있는데… 거기서 약 먹으면 한참을 걷는 게 수월해.

민복자　그래? 한 번 가봐야겠네.

박기출　난 이빨이 안 좋아서… 임플란트 하러 갔더니…

강지아　(큰 소리로) 연습 안하실 거예요?

모두　해야지.

황옥진　지금처럼 말해. 그러니 모두 알아듣잖아. 힘 있고 좋네.

강지아　그러죠. 김구력님은 라이샌더세요. 누군지 아시겠어요?

김구력　알기는 하는데… 잘 할 수 있을는지…

이경식　걱정 되면 연습 때 안 늦으면 되지.

김구력　미안합니다.

이경식　누가 사과 받잽나.

강지아　이젠 다들 오셨으니 한 번 읽어 볼까요. 읽으시면서 자기 역할이 나오면 빨간색으로 표시를 하시는 것도 구분하기 좋은 방법이 되실 거예요.

모두　네.

강지아　(미소를 지으며) 무대는 디슈스 공작의 궁궐입니다. 디슈스와 히펄리터가 등장합니다.

이경식　…

강지아　디슈스 읽으셔야죠.

이경식 '아름다운 히펄리터…'

강지아 잠시만요. 사랑하는 여인이 앞에 있어요. 곧 결혼도 할 거구요. 지금 감정은 아닌 거 같은데요. 몰론 완벽한 감정을 원하는 건 아니지만…

이경식 꼭 내가 남자 역을 해야 하나?

민복자 싫으면 빠지든가? 어울리니 시켰겠지. 내가 봐도 딱이구만.

강지아 다시 하죠.

이경식 '아름다운 히펄리터, 우리의 결혼이 나흘 앞으로 다가왔소.'

장강호 대사가 짧으니까 좋긴 하네.

강지아 제발, 대본에 있는 것만 읽어 주세요.

여순례 '나흘의 낮은 눈 깜짝할 사이에, 나흘의 밤은 꿈같이 사라질 거예요.'

이경식 '신이 축복하고 인간이 부러워하는 성대한 결혼식이 될 거요.'

강지아 이지어스, 허미어와 들어옵니다. 그 뒤로 라이샌더와 디미트리어스도 따라 들어오고요.

이경식 이지어스, 웬일이오?

박기출 '제 딸년이 애비 말을 거역하겠다지 뭡니까. 디미트리어스 이리 오게. 공작님, 제 딸년을 주기로 한 청년입니다.'

강지아 잠시만요. 재미도 없고 감정도 안 잡히고… 그냥 평상

시 말하듯이 한번 해 보세요. 처음부터 다시…

이경식 (극) 봐라. 우리 결혼이 나흘 뒤다.

여순례 (극) 금방이지 뭐.

이경식 (극) 폼나게 해주께. 다들 눈이 뒤집어 질기다.

강지아 이지어스, 허미어와 들어옵니다. 그 뒤로 라이샌더와 디미트리어스도 따라 들어오고요.

이경식 (극) 이지어스, 웬일이고?

박기출 '제 딸년이 애비 말을 거역하겠다지 뭡니까. 디미트리어스 이리 오게. 공작님, 제 딸년을 주기로 한 청년입니다. 이렇게 훌륭한 청년을 두고 저런 형편없는 청년과 결혼을 하겠다지 뭡니까.'

강지아 편하게 말씀해 보세요.

박기출 난 이게 좋아서… 맨날 쓰는 말 재미없고 질리고… 좋잖아요. 말이 달라지니까 내가 아닌 거 같기도 하고… 예술스럽고… 편하자 했으면 잠이나 자지 뭐 하러…

황옥진 나도 같은 맘이야. 무대서 멋있는 말 한마디는 하고 내려 와야지.

강지아 그럼… 장단을 넣어 보도록 하죠. 말에 리듬이 없으니까. 말이 노래다 생각하시고. 아시겠죠?

강지아, 무대 한쪽에 있던 북채를 들고 와 자리를 잡는다.

박기출 '저 놈의 세치 혀에 정신이 팔려 아비를 거역하겠다

니… 딸년은 제 것이니 아테네의 특권으로 죄를 묻게
해 주십시오.'

박기출이 대사하는 사이, 민복자가 향수를 뿌려 댄다.

황옥진 '라이샌더도 훌륭합니다.'

이경식 '그렇긴 하겠지만 부친의 뜻을 따르거라'. 머리 아파.
그만 좀 뿌려.

민복자 냄새가 나니까 그렇지…

이경식 당신만 나? 집중이 안 되잖아.

민복자 난 코가 예민해서…

김구력, 슬그머니 일어서 나간다.

강지아 극장 냄새가 그래요. 지하인데다 한동안 쓰지도 않았으
니 더 그렇겠지만… 그래도 다른 분 대사할 때 그러시
면 감정이 무너져서 곤란해요.

민복자 그래도…

강지아 익숙해지세요. 어차피 여기서 공연 하셔야 되는데… 익
숙해지면 이 냄새 그리워서 다시 극장 찾으실 걸요. 다
시 할까요?

황옥진 '아버지가 저와 같은 눈으로 보셨으면 합니다.'

김구력, 앞자락이 흥건히 젖어서 들어온다.

모두의 시선이 그를 본다.

김구력　아무리 씻어도 냄새가 가시질 않네요.

황옥진　괜찮아요?

김구력　마누라가 입은 옷에다 일을 보는 바람에… 내가 나간다고 하니까 심술이 나서 그런지… 전에 보다 일보는 날이 잦아져서… 다음부터는 더 깨끗이 씻고 오리다. 미안합니다.

황옥진　(김구력을 감싸며) 아니에요. 아무 냄새 안나요. 걱정 마세요.

이경식　(민복자에게) 일치지 싶더라…

민복자　나만 보면 싸우자 들지…

황옥진　옷이 젖어서… 겉옷이라도 벗으세요. 오한 들겠어요.

김구력, 외투를 벗는다.

여순례, 손수건을 꺼내 김구력을 닦아준다.

여순례　저 친구 말 맘에 두지 마세요. 40년 친구로 지내면서 머리 거쳐 나오는 말을 못 들어 봤어요. 못 땐 말도 생각이 있어야 하죠. 그저 나오는 대로 툭툭…

김구력　고맙습니다. (여순례의 손수건을 받아들며) 제가 하겠습니다.

민복자 그거 칭찬이야, 욕이야.

여순례 보세요. 그것도 구분 못해요.

김구력 배달된 그릇까지 깨끗이 설거지해서 내 놓을 정도로 깔끔하고 완벽한 사람이었는데…

하대수 연출선생, 담배하나 빌립시다.

강지아 극장에서 담배 피시면…

황옥진, 강지아의 말을 끊듯 쳐다본다.

지아, 하대수에게 담배를 내민다.

하대수 마누라 죽으면서 끊었던 건데…. (담배를 피워 문다)

김구력 한 이불 덮고 자는 사람이 누군지도 몰라, 자다가도 깜짝깜짝 놀라는 사람이, 나도 모르는 지난 일들을 곱씹고, 곱씹고…. 그런 일이 있었는지 없었는지… 사실 나도 기억이 가물가물한 게… 사진첩이라도 들춰보면 그랬나 싶어지고… 여러분한테는 미안하지만 나 이거 꼭 하고 싶어요. 이거는 내가 죽을 때까지 기억할 수 있을 거 같아요. 그때까지 곱씹을 이야기 하나 갖고 싶어서 온 거요.

장강호 원래 예술 하는 사람들이 사연이 많아요. 그래야 다른 사람한테 들려 줄 얘기가 있거든… 우리 예술 하는 거 아닙니까?

박기출 그게 뭔 말인지…

장강호   좋은 말이면 됐지. 뭘 따지자는 거요?

박기출   말이라는 게 경우가 맞아야 말인 거지.

장강호   넘어 갑시다. 예술적 이해도가 낮구만…

박기출   '힘들겠지만 잘 해 봅시다' 하면 될 것을…

장강호   말에 때깔이 다르구만…

이경식   (민복자에게) 배려 좀 배우소. 내 얼굴이 다 화끈거리네.

민복자   저 양반 늦는다고 콕콕 찍어 따질 때는 언제고…

강지아   연습하시죠.

황옥진   그럽시다. 아까 어디까지 했더라… 나까지 했었나… 다시 읽으리다.
            '아버지가 저와 같은 눈으로 보셨으면 합니다.'

            강지아, 손으로 이경식을 가리킨다.

이경식   '네가 부친의 분별 있는 눈을 가지도록 하거라. 부친을 거역하면 네 죄를 물어 교수형을 당하거나 수녀원으로 가야 할 거다.'

민복자   우리 때도 다들 이러고 결혼했지.

            강지아, 짧은 한숨을 토해낸다. '허~'

여순례   억지로 했다는 거야?

강지아   대본 읽으면서 개인적인 이야기를 나누시면 안 됩니다.

여순례 　연출선생 미안하우. 이 답은 내가 꼭 들어야 해서…

민복자 　다리 분질러 방안에 들어앉히겠다니까… 머리 깎여 절로 보내겠다는 게 어째?

여순례 　싫다고 했어야지. 안 한다고 했어야지. 내가 그 사람 좋아하는 거 알았잖아.

민복자 　넌 내가 미워죽겠지. 내가 네 속 모르는 건 아니다만 진실을 알게 되면 너 아마 혀 깨물고 죽고 싶을 거다.

박정인, 들어온다.

박정인 　실례합니다, 여기 강지아씨라고 계세요?

강지아 　누구시죠?

박정인 　너야?

강지아 　…

박정인 　얼굴 굳은 꼴 보니 내가 누군지 짐작이 가는구나. 맞아. 네 생각대로 최철우 부인이야.

강지아 　나가서 얘기하시죠.

박정인 　(강지아의 뺨을 때리고는) 쪽 팔리니? 잘 됐네. 나, 너 개망신 주려고 왔거든.

박기출 　조금은 예의 있게 말할 수도 있잖아. 배운 사람답게…

박정인 　아버지… 여기서 뭐 하세요?

황옥진 　연극 연습중인데… 우리 연출선생 볼일이라도… 아니면…

박정인 연극… 아버지도 하는 거예요? 허, 엄마한테 거짓말하고 날마다 오신 곳이 여기에요? 엄마는 아빠가 다른 여자라도 생긴 줄 안다고요.

박기출 기회 봐서 말할 생각이었다.

박정인 아버지가 이런 걸 좋아하는 줄 몰랐네요.

황옥진 자식들은 부모에 대해 모르는 게 많지.

박정인 좋아요. 아버지가 배우를 한다는 거, 상상 못했던 일이라 당황스럽긴 해도 받아들일 수 있어요. (강지아를 가리키며) 하지만 저년이 누군지 몰라요?

박기출 알아. 알지만 부탁이다. 여긴 내 동료 배우들이고 친구이기도 해. 지금의 네 모습 아버지인 나도 봐주기 힘들고, 이 사람들한테 보이기도 부끄럽구나.

박정인 내가 저년 때문에 얼마나 힘들어 하는데… 약 없이 잠도 못자요. 아버지 딸이 저년 때문에 피가 마른 다구요.

박기출 제발… 더는 망가진 모습 보이지 말어.

박정인 저더러 교양 있는 중년부인 흉내라도 내라는 거예요. 내 남편이랑 놀아난 저 년 앞에서 저를 나무라는 거냐고요?

박기출 추해지지 마라. 최서방이 어땠든 너는 너를 지켜야지.

박정인 왜요? 나만 왜요?

박기출 너는 내 딸이니까…

박정인 아버지 딸이긴 해요, 내가? 맞다면 이러지 못해요. 어떻게… 사위랑 바람난 년이랑… 아버진 절 버린 거예요.

박정인, 나간다.

그들 사이에 차가운 침묵이 흐른다.

박기출 내 딸이 고통에 떠는데 아비라고 해 줄 수 있는 게 있어야지. 누군지 보고 싶었소. 봐야했소. 할 수만 있다면 잔인하게 난도질을 내서라도 죄를 묻겠다는 마음으로… 내 딸한테 위안이 된다면 그 보다 더한 것도 할 작정이었지. 그런데 말이요. 내가 여기서 만난 건 사위랑 바람난 여자가 아니라, 다시 사는 거 같이 살 수 있을지도 모른다는 기대였고 흥분이었소. 퇴직하고 다음날로 쓸모없는 늙은 사내, 그 이상도 그 이하도 아닙니다. 기회를 놓치고 싶지 않았소. 그 뿐이요. 그만 퇴장 해 줄 테니, 욕도 하시고 손가락질도 하시구려.

박기출, 나가려다 말고…

박기출 연출선생, 내 딸보다 잘난 여자가 아니어서 실망했었다는 말은 하고 가리다. 나도 별 수 없는 애비라우.

박기출, 나간다.

강지아, 아무 말도 못하고 굳어 버렸다.

장강호 공기가 탁한 게… 아까 담배 핀 거 때문인가…

하대수	그 사람 말이 맞네, 말이 상황에 안 맞아.
이경식	이 나이가 먹어도 배워야 할 게 또 있나부네. 누구 아는 사람 있수? 이럴 땐 뭐라고 해야 하는지…
황옥진	오늘 연습은 여기서 접읍시다.
김구력	그러는 게 좋겠네요.
민복자	사랑이 어긋나면 여러 사람 괴롭지. 연극에서야 어찌됐든 짝 찾아 행복하게 끝나지만 사는 게 어디 그런가…
여순례	내가 알면 안되는 게 뭐야?
민복자	이제껏 안하고 산 말을 죽을 날 다 되서 왜 해? 너, 진짜로 내가 생각 없는 년인 줄 아는 거야?
여순례	너 말 안하면 오늘부로 절교야.
민복자	그래도 아침은 같이 먹을 거잖아. 저녁에 산책도 같이 할 거고. 문화센타서도 만날 거면서… 여기서 연습하면서 만나는 건… 그러면 됐어.
여순례	아니. 친구로 했던 거 다 끝이야. 목욕탕서 등 밀어주는 것도 안 해.
민복자	그건 너도 아쉽잖아.
여순례	말도 섞지 말어.
이경식	뭔지는 몰라도 나도 궁금허네.
강지아	죄송합니다. 그만 두라고 하시면…
황옥진	스스로 파투 내는 타입이구만.
김구력	연극은 계속 했으면 하는데…
강지아	제가 도덕적으로…

황옥진 누가 연출선생더러 윤리선생하래? 여기서 누가 자네한테 인생 배운다고… 바른 인생 본보기 따위 필요 없어.

하대수 사람은 제각각 자기한테 맞는 인생이 있어. 그거에 따라 사건이 생기는 거고… 이일 저일 겪으면서 비로써 인간이 완성되는 거지. 흠 없는 인간이라… 그건 인간이 아니라 부처라 해야겠지. 신 될 요량 아니면 문제 있는 게 정상이야. 먼저 가리다.

하대수, 나간다.

장강호 나도 갑니다. (나간다)

김구력 박기출씨가 다시 오실까요? 그 사람이 맡은 역은…

이경식 그건 내일 생각합시다. 가요.

김구력, 이경식, 나간다.

민복자 우리도 갑니다.

여순례 누가 너랑 간데…

민복자 (나가며) 저 친군 얼굴과 목소리가 사연을 숨기고 있는 거 같았어.

여순례 (나가며) 사연?

민복자 서글퍼. 보이는 게… 어, 너 말 섞었다.

여순례 누가?

민복자, 여순례, 그들의 모습도 목소리도 보이지 않는다.

강지아　저더러 뭘 어쩌란 거세요?

황옥진　알잖아.

강지아　…

황옥진　인생이 너한테 가르쳐 준 거야. 고마워 해.

강지아　아무 말도 못했어요.

황옥진　말은 마음에 담아 두는 게 아니라 입으로 내 뱉는 거야. 나도 그걸 못해서 30년을 후회하며 살았어. 용서라도 빌게?

강지아　상처를 드린 건 맞으니까…

황옥진　자네도 아프잖아.

강지아　…

황옥진　혹여 찾아가거든 하고 싶은 말을 해. 아직 아무한테도 하지 못한 가슴 속에 말… 들으라고 하는 말은 아무 의미도 없어. 용서를 하는 것도, 이해를 하는 것도, 받아들이는 것도 다 듣는 사람이 선택하고 판단할 문제지. 자네 몫은 아니야. 그러니 억지마음으로 용서 빌지 말라고… 연출선생 잘하는 거 있잖아. 솔직한 거. 그때가 제일 이뻐.

황옥진, 나간다.
홀로 남은 강지아, 대본을 읽는다.

강지아   '걱정 마. 이제 그인 다시 날 만날 수 없을 테니. 난 라이샌더와 함께 여기를 떠나기로 했어. 라이샌더를 만나기 전엔 아테네가 낙원 같았는데. 그런데 내가 사랑하는 님은 무슨 마력을 가졌는지 천국을 이 지옥으로 바꿔 놓았어!'

강지아, 대본을 들고 나간다.

3. 공연 62일전

황옥진, 하대수, 민복자, 여순례, 김구력, 장강호, 강지아, 연습 중이다.

장강호 '여왕은 괴물과 사랑에 빠져 흐물흐물 해졌습니다.'

이경식 '잘 했다. 청년에게도 사랑의 꽃 즙을 발라 주었느냐?'

장강호 '분부대로 했습죠. 젊은이가 눈을 뜨면 그 여자를 보게 될 거고 그 순간 꽃즙의 마법으로 사랑에 빠지게 될 겁니다.'

이경식 '숨어라. 저기 그 청년이 온다.'

장강호 '여잔 그 여잔데 남자는 아닙니다.'

하대수 '당신을 이렇게 사랑하는 남자에게 왜 욕살을 퍼 붓는 거요? 그런 가시 돋친 말은 원수에게나 퍼부 울 일이오.'

황옥진 '지금은 입으로만 원망하지만 변을 당할지 몰라…'.

강지아, 배우들을 보지 않고 대본만 바라보고 있을 뿐이다.
황옥진, 모두에게 잠깐 멈추자는 손 신호를 보내고는…

황옥진 나 잘하고 있는 건가, 연출 선생? 우리 잘하고 있는 거냐고?

강지아 네.

황옥진 이건 연극이 아니잖아. 내 눈에는 그런데 연출 선생 눈에 걸리지 않는다는 건, 안 본다는 거지. 막 해도 된다는 게 아니면 망쳐도 된다는 거야. 그것도 아니면 무시…

강지아 전 최선을 다하고 있어요.

황옥진 어떻게 해라 말이 있어야지. 가라, 와라, 앉아라, 서라. 그건 연기가 아니지. 왜 그렇게 해야 하는지, 설명을 해야지. 구체적으로… 이유까지 붙여서. 그거 하라고 돈 들여 연출선생 모신거야. 뭘 그렇게 놓고 다녀. 열정을 두고 왔으면 사람에 대한 예의라도 들고 다니든가.

강지아 죽는 힘을 다해 버티고 있는 거 안 보이세요?

황옥진 반복은 끊어야지. 그게 성숙이야.

강지아 연기를 가르쳐 달라하셨죠. 단절하라면 하실 수 있으시겠어요? 내가 아는 나와 단절하라면…

황옥진 인생을 누군가 끌어줘야 되는 타입이구만. 죽을 힘으로 싸운 상대도 없어봤지? 아님 졌던가.

강지아 마음대로 비난하세요.

황옥진 자넨 꿈을 꾸고 있는 거야.

강지아 네, 악몽입니다.

황옥진 미리 알았어도 잠을 청했을 거야. 그게 사랑이지.

강지아, 나간다.

황옥진 연출선생이 담배 생각이 나나 봐요. 우리도 좀 쉬자구
요.

여순례 간식 싸왔어요. 감자도 찌고 밤도 삶았어요.

하대수 번번이 고맙습니다.

민복자 애가 요리가 취미에요.

여순례, 간식거리를 펼친다. 장강호에게도 건네는데⋯

장강호 생각이 없네요.

장강호, 나간다.

하대수 저 친구 또 화장실 가네. 저거 문제 생긴 건데, 말 안 듣
네.

하대수, 장강호를 따라간다.
민복자, 간식을 먹으려 하자
여순례, 복자 것을 뺏아 경식과 옥진에게 준다.

민복자 이럴 거야?

여순례 말 해. 먹고 싶으면⋯

이경식 거 몇 날 며칠을… 이제는 내도 궁금하네. 말 좀 풀어 보소.

민복자 나 감자 삶은 거 좋아한단 말이다.

여순례 내가 그거 모를까?

민복자 독한 년.

여순례 40년을 너랑 친구 하기가 쉬운 줄 아냐? 독하니까 했다.

민복자 정말 감자 안 줄래?

여순례 이건 내 몫이다. 너 줄 거 없다.

민복자, 여순례를 노려보다 결심이 섰는지…

민복자 애새끼 셋을 낳고 살면서도 곁을 안 주더라. 너 때문이다 싶었다. 지금이야 보여 줄 사람 없다고, 고 모양새로 다니지만 처녀적이야 나보다 네가 더 고왔잖아. 그러니 당연히 너라고 생각했지. 너보다 이뻐지고 싶어서 눈도 째고 화장도 하고 안 해 본 짓이 없다. 그래도 그 인간 죽을 때까지 나 안 보더라.

여순례 딴 계집 있었구만…

민복자 그랬으면 그 인간 죽고 심심치 않게 내 놓고 흉봐가며 재미지게 이바구 떨었겠지.

여순례 그런데? 그게 뭐? 답답해라.

민복자 남자가 좋단다.

여순례 뭐랬냐?

민복자 말했으니 감자 다오. 그거 내 꺼다.

여순례 너 정신 줄 들어왔다 나갔다 하냐? 감자 먹자고 사람을…

민복자 (감자를 먹으며) 또랑또랑 다 기억한다. 난 남자가 좋소. 딱 이 한마디하더라. 셋째 낳고 그 이후로 한 번도 곁에 누워 보질 않았다. 날로 치며 몇 날 되지도 않을 것이다. 옛날 어른들 쓰러질까봐 불효자는 될 수 없다며 난대로 죽기는 했다만 애초에 여자가 싫단다. 그러니 너도 억울할 거 없다. 억울한 인생으로 따지자면 내 쪽이 훨 무거울 거다. 목 막힌다.

여순례 그래. (얼른 식혜를 건넨다)

민복자 단술 맛나게 담궜네.

여순례 말하고 싶어 어찌 참았냐? 네가.

민복자 친구의 첫정을 지켜 주고 싶어서. 애틋하게 그리워라도 하라고…

여순례, 말없이 복자의 얼굴을 쓰다듬어 준다.

이경식 내도 껴 도. 친구하자.

민복자 성질 지랄 맞은 건 나 하나라도 되는데…

여순례 난 친구 받아들이네.

민복자 또 저 혼자 착한 역하지.

이경식 내가 괜히 지랄 맞은 줄 아나. 요즘 것들이 하도 예의가 없어서 그러지. 어제는 연습 끝나고 연극을 보러 갔는데 나더러 무슨 일로 왔냐고 묻더라.

민복자 묻지도 못해.

황옥진 극장에 갔으면 당연히 공연 보러 간거지.

이경식 그기지. 늙은이는 연극도 안 본다고 생각 한 거지. 극장 안은 더 한심해가… 배우들이 공연을 하는데 쪼물락쪼물락… 쌍쌍이로 앉아서는 공연을 보러 온 건지 주물러가 터트릴라고 온 건지. 껌을 씹지 않나, 쥬스를 마시질 않나, 부시럭부시럭… 절정은 휴대전화로 통화를 하더라니까. 배우가 코앞에서 연기를 하고 있는데… 배우도 어지간히 화가 났든지 공연 하다말고 전화 좀 꺼달라고 했으니, 말 다했지.

민복자 그냥 오지 않았지?

이경식 우째 알았노?

민복자 나라도 그랬을 테니까.

이경식 (웃으며) 공연 끝나고 나오다가 뒤통수 한 대 쌔게 때리고는 '엄마야! 아는 사람인줄 알았네. 미안합니다.' 했지. 지가 늙은이한테 뭐랄 기라?

민복자 (같이 웃으며) 그럴 때는 늙은 것도 꽤 쓸모 있어.

여순례 복자야. 젊었을 때 말이다. 내가 너보다 고왔냐?

민복자 내가 한 말 중에 그것만 궁금하냐? 내 남편이 널 좋아하는 마음이 쪼끔이라도 있었는지는 궁금도 안 해? 조금 전까지도 흠모했으면서…

여순례 그러게. 그게 알고 싶어서 몇 번이고 입만 달싹이고 혹시나 너랑 나랑 금 갈까봐 묻지도 못했는데 하나도 안 궁금하다. 거짓말처럼 그러네. 꿈꾸고 일어난 거 모냥 그러네. 암치도 않아.

민복자 진작에 말해 줄 걸 그랬구나.

김구력, 일어서 나가려고 한다.

황옥진 연출선생 데리러 가는 거면 그만 두세요.

김구력 그래도…

황옥진 목 안 마른 놈 물가에 데려가 봐야 물 안 마셔요. 기다려 보자고요. 마나님은 어떠세요?

이경식 요즘 좋아지셨나 봐요. 늦질 않으셔.

김구력 내가 40년 넘게 산 사람이 이 사람 맞나 싶어요. 영 딴 사람이라…

민복자 나도 저 기분 알지. 어디 가서 말 할 때가 없더라.

하대수가 앞서 들어오고
장강호, 뒤따라 들어온다.

장강호 그거 이리 내요.

하대수 부끄러우면 가지고 다니지를 말지.

장강호   그게 왜 부끄럽소. 못 써먹는 게 부끄러운 거지.

민복자   뭔데 그래요?

하대수   남자들이 쓰는 겁니다.

장강호   이리 달라니까…

하대수와 장강호, 실강이를 하다 툭 떨어트리는데 보면 콘돔
이다.

민복자   (콘돔을 주우며) 어머, 진기한 물건이네.

이경식   남사스럽구로… 동무 하잖 말 취소다.

민복자   왜 이러실까. 그럼 그거 안 하고 살우? 하는 게 건강한
거구만…

장강호   좀 아시네…

민복자   애인이 젊은가요? 아직도 모자가 필요하게…

장강호   이유야 여럿이라…

김구력   아직도 됩니까?

장강호   그걸 말이라고 하십니까? 남자의 생명은 힘인데…

김구력   그래요… 아내가 자꾸만 하자고 보채는데… 안 되네요.

장강호   걱정할 거 없어요. 자주 안 써서 그런 거니까. 기계도
안 쓰면 녹슬잖아요. 연애를 하세요. 바람나라는 말은
아니고 길을 들이라는 거지요.

김구력   젊어서도 안 해 본 걸…

민복자   나이든 여자의 좋은 점은 뒷 문제를 걱정하지 않아도

된다는 데 있죠.

이경식 진짜로 친구 취소.

민복자 틀린 말은 안 해, 내가.

김구력 무슨 수로 만나요.

장강호 남자는 여자를 만날 때 모든 계획을 짜두는 게 좋아요. 식당도 미리 가 두고. 그리고 잊지 말아야 할 건 넉넉한 팁이요. 절대 잊을 수 없는 손님이 되는 거요. 그래야 다음에 여자랑 갔을 때 웨이터가 반갑고 정중하게 인사를 한다 말입니다. '또 오셨네요', '오늘은 옷이 어쩌고 저쩌고…'라든지 내심이야 팁 받겠다는 계산이겠지만 여자한테는 조금 특별한 손님으로 보이기에 충분하다 이거요.

민복자 선수시다.

이경식 잉꼬는 짝짓기를 할 때 수컷이 마음에 드는 암놈 목소리를 흉내낸다고 합니다. 암컷이 저랑 목소리가 같은 수컷을 짝으로 선택하기 때문이라죠. 한 번 짝을 지으면 오랫동안 관계를 갖는 탓에 신중하게 고른답디다. 근데 그거 아세요. 잠깐 암컷 목소리를 흉내 내는 놈보다 암컷과 같은 목소리를 가졌을수록 더 헌신적이라는 거…

장강호 두 분만 원하시면 내가 좋은 데 소개시켜 드리리다.

하대수 그게 어디요?

여순례 듣기 좋은 대화는 아니네요.

하대수   내 아들놈한테 소개 시켜 줄 수도 있소?

장강호   젊은 놈이야 스스로 찾겠지. 걱정도 팔자요.

하대수   그러게 팔자대로요. 아들놈이 자위하기도 힘들다오. 뇌
성마비라… 나야, 주책 정도로 끝나겠지만 내 아들놈은
평생 총각으로 죽을지도 모를 일이라…

김구력   나도 아내가 원하는 남자가 되고 싶은데… 그게 지금의
내가 아니어도 상관없더란 말입니다. 그저 마누라가 늘
그랬던 것처럼 지낼 수만 있으면 뭐라도 해주고 싶더란
말입니다.

    박기출, 들어온다.

박기출   연습들 안하십니까?

민복자   어머, 박 선생님!

박기출   제자리 아직 남았죠?

황옥진   그럼요. 오실 줄 알았습니다.

    강지아, 들어오다 기출을 보고 우뚝 멈춰 선다.

강지아   오실 줄 몰랐어요.

박기출   다시는 운전을 못하게 된 다 해도, 여행을 못 간다고 해
도 연극은 계속할 걸세.

장강호   잠자리를 못 한다고 해도…

박기출   고맙네. 가장 중요한 걸 빼먹을 뻔 했군.

강지아   저한테 무슨 말이 하시고 싶으세요?

박기출   듣고 싶은 말이라고 하지. '들어오세요. 연습 시작해야
         죠.'

강지아   죄송해요. 저는… 못해요.

박기출   자네가 돌아간 뒤에 자네가 두고 간 말을 곰곰이 되새
         겨 봤네. 인생을 제대로 배웠더군. 용서해달라고 했다
         면, 안 했을 거야. 그럴 수 없는 일이니까. 미안하다고
         했다면 그럴 거 왜 그랬냐 했겠지. 그런데 지옥이라는
         말은 받아들여 지더군. 여기 온 건 내 판단이고 선택이
         야.

강지아   ……

박기출   노인의 연희는 끝나지 않았어.

황옥진   우리 연습할까요?

박기출   합시다. 공연은 올려야 할 거 아닙니까.

모두   그럽시다.

         모두의 시선이 지아에게로 가면…

강지아   처음 퍼크 등장하는 장면부터 할게요.

         모두, 대본을 펴는데서 암전…

4. 공연 14일전

모두들 연습중이다. 강지아와 장강호만 보이지 않는다.

황옥진 '지금은 슬픔의 눈을 감겨 주는 잠아, 살그머니 찾아와
서 잠시 내 시름을 잊게 하여 다오.'

하대수 다음이 퍼크인데 왜 아직이지… 데리러 간 연출선생은
또 왜 안 와?

강지아, 힘없이 들어온다.

민복자 양반은 못 되네.

황옥진 어째 혼자야?

강지아 오늘 새벽에…

황옥진 뭐야?

김구력 죽은 건 아닐 테고… 장가라도 들었어?

강지아 ……

이경식 갔어?

강지아 지병이 있으셨나 봐요.

하대수 그럴 줄 알았어. 아래쪽에 문제 있었지?

강지아 암이셨는데… 방사선 치료를 중단하셨대요. 연습 시작

하시면서…

여순례 요즘은 곁에 사람들 떠나는데 이유도 없어요. 다들 늙어서…

하대수, 맺힌 눈물을 아무도 모르게 닦아내기라도 하듯 쓱 문지르며…

하대수 잘 보이질 않는군. 시력이 상했어. 세상을 너무 본 탓이야.

그리고 모두 한참을 말을 찾지 못한다.
강지아, 짐을 정리하고 있다.

황옥진 뭐하는 거야?

강지아 이대로 공연하는 건 무리에요.

황옥진 그래서?

강지아 다들 저와 같은 마음이실 거예요. 어쩌면 더 슬프시겠죠.

황옥진 공연은 할 거야.

강지아 사람이 죽었어요. 현실이 이렇게 끔찍한 데 무대에서 웃으실 수 있어요? 전 더는 못 해요. 절 보세요. 삶이 망가져 버렸어요. 이런 제가 사람들한테 무슨 말을 할 수 있겠어요. 세상은 끔찍하다고 말하는 건 그래도 솔직하기라도 하죠. 이 공연은 거짓이에요.

황옥진 고야는 그렇게 그림을 그렸지. 〈자기 아이를 잡아먹는 악마〉를 그린 화가 말이야. 현실이 고통이면 그림도 고통이었어.

강지아 그래야 사람들이 알죠. 세상에 얼마나 끔찍한 일이 벌어지고 있는지, 인간이 얼마나 잔인한 짓거리를 해대고 있는지, 볼 테니까요. 누군간, 그게 불편한 진실일지라도 보겠금 거울을 들이대야죠.

황옥진 르누아르는 달랐어. 힘이 들수록 행복에 집중한 작가야. 그의 스승이 이렇게 말했다더군. '자네는 스스로 즐기려고 그림을 그리는 군.' 르누아르는 그림은 아름다워야 한다고 생각했어. 사람의 영혼을 맑게 씻어주는 환희의 선물이어야 한다고 생각했으니까… 그가 만들어낸 세계지. 물론 슬픈 그림을 그렸을지도 몰라. 전해지지 않았는 건지도… 하지만 그는 가난했을 때도, 류마티즘으로 팔다리가 굳어져가는 고통에도 여전히 행복한 순간을 담았어.

강지아 현실은 그렇지 않은데, 매 순간이 즐겁고, 행복한 감정으로만 가득한 세상을 그린다는 거 과연 옳은 선택일까요? 그건 비겁한 도주에요.

황옥진 자네 공연을 객석에 앉아 본 적이 있었겠지? 공연이 끝나고 관객들이 어떤 얼굴로 극장을 나가던가? 자넨 어떤 얼굴이 보고 싶었어? 어떤 얼굴을 봤을 때 자넨 행복하던가?

강지아 ……

황옥진 수학문제를 푸는 것도 아니고 무슨 수로 정답을 찾아. 비극을 그리지 않았다고 그의 인생을 거짓이란 말인 가? 삶에 있어 행복이 뭐지? 난 연극을 하면서 행복해. 이곳에서 연습을 하는 모두는 그렇지. 물론 자넨 아닐 거야. 여기가 아니어도 어디든 다른 무대가 있을 테니 까. 하지만 우린 아니야. 아무리 삶이 절망이어도 선물 은 받을 수 있잖아.

강지아 평생을 기다리신 게 이 연극을 볼 그 분인가요?

황옥진 아니… 그는 오지 않을지도 몰라.

강지아 그럼 평생을 기다리셨다는 게…

황옥진 그래… 죽음. 내게도 얼마 남지 않았어.

강지아 ……

여순례 어디가 아픈데?

황옥진 괜찮아요. 우리 나이야 다 아프지.

강지아 서 있질 못하겠어요.

황옥진 그 사람이 내게 말할 때 난 바꾸지 못했어. 살아 온 인 생이 다 아니었다고 말할 수는 없었으니까. 지금도 난 바꾸지 못해. 죽을 날을 받아 놨거든.

박기출 우리도 두려워. 하지만 갈 거야. 친구를 기억하면서… 출발한 여행은 계속 가야하니까.

민복자 힘들다 피곤하다 불평하지 않을 게.

김구력　　우리 중 또 누가 죽을지 몰라. 그 정도는 각오가 되어 있을 나이야. 내가 죽어도 공연은 해주길 바래.

하대수　　살아서는 무대를 버리고 싶지 않아.

이경식　　어렵게 찾은 특별한 땅이야. 다시 세게 해줘.

여순례　　공연 하는 거지?

강지아　　아니요. 지금하고 다르게 할 거예요. 저희 공연의 마지막을 연극 대신 왈츠를 추겠어요. 르노아르의 무도처럼 요.

민복자　　그거 자신 있다.

김구력　　그럼 퍽크는…

강지아　　제가 합니다.

5. 공연 날

왈츠곡이 흐르고 그들의 춤이 끝나고 막이 내린다.

박수소리.

무대 인사를 하는 모두… 퇴장하는 배우들…

불 꺼진 무대로 손태준이 나온다.

황옥진이 나오다 태준을 보고 흠칫 멈춰 선다.

황옥진 당신입니까? 눈이… 세월이 비껴가신 건가요?

손태준 저는 그분이 아닙니다.

황옥진 미안해라. 너무 닮아서… 내 기억이 엄청난 실수를…
내가 늙은 줄도 모르고… 나만 늙었을 리도 없는데…
맞다 해도 환영 같은 걸 텐데… 어리석은 생각을…

손태준 제 아버지세요.

황옥진 어디 계세요?

손태준 ……

황옥진 안 오셨나요? 무슨 일이라도…

손태준 궁금했습니다. 어떤 분이신지…

황옥진 아픈 건 아니었으면 좋겠네요. 바빠서겠죠. 그랬으면
좋겠는데, 서운하고 말게… 잊었답니까? 그럴만한 시
간이 흐르긴 했지요.

손태준　아버진… 돌아가셨습니다.

황옥진　… 좀 앉아야겠네요. 괜찮겠죠?

손태준　네.

손태준, 황옥진에게 의자를 가져다준다.

황옥진　나이가 들면 무릎이 성칠 않아서…

황옥진의 눈에는 이미 주체할 수 없는 눈물이 흐르고 있다.
손태준, 봉투를 황옥진에게 건넨다.
황옥진, 봉투 안의 것을 꺼내보면 고운 여자의 손을 찍은 사진과 늙은 남자의 손을 찍은 사진이다.

손태준　돌아가신 뒤에 알았습니다. 아버지가 마지막까지 사랑하신 분이 제 어머니가 아니었다는 걸…

황옥진　……

손태준　제가 아버지라면 꼭 보여드리고 싶었을 거란 생각에…

황옥진　고마워요.

손태준　그럼…

손태준, 인사를 하고 나가려는데…

황옥진　미안한데… 참 미안한데… 내가 가 봐도 될 런지… 그

분한데…

손태준   이것만으로도 제 어머니 때문에 제가 너무 아픕니다.
죄송합니다.

손태준, 나간다.
강지아, 황옥진에게 다가온다.

황옥진   30년 전 내 손이라는군. 지금이었으면 못 찍게 했을 거
야. (자신의 손을 만지며) 시간이 너무 많이 흘렀어…

황옥진, 거친 남자의 손을 찍은 사진에 입을 맞춘다.

황옥진   내가 30년을 사랑한 손이라는 군. 화가의 손답게 손톱
이 물감으로 물들고 붓을 잡았던 손가락은 뒤틀려 있
어. 숭고함까지 느껴지지. 나의 입맞춤은 그가 만들어
냈을 예술 세계에 대한 경의의 표시야. 다시 이 손에 안
길 수 있을 거라는 생각을 했었어. 계속… 멈춤 없이…
사십 년을… 연출 선생, 말이 맞았어. 기다린다고 다 오
는 건 아니야. 오래 살았다고 세상을 다 아는 것도 아니
고. (일어서며) 내가 해준 인생 상담은 다 빌어먹을 이야
기라고.

황옥진, 나간다.

강지아 (사진의 뒤를 보고) 그날 이후, 그 어떤 손도 내 시선을 잡지 못했소. 그 날처럼 뜨겁게 당신의 손에 키스 할 수 있을지… 내 운명이 허락해 줄 런지…

박정인, 꽃다발을 들고 다가온다.
강지아, 담배를 꺼낸다.

박정인 그 사람이 보낸 연서인가요?

강지아 아니요. 분장실에 가보세요. 거기 계실 거예요.

박정인 나도 한 대 줄래요?

강지아 피려는 거 아니에요. 극장에선 피지 않는 게 제 원칙이에요. 그냥… 습관이 돼서…

박정인 내 주위에 있는 남자들은 당신을 만나면 행복해 하네요. 내 남편이 그랬고… 내 아버지도… 아들이 없기 망정이지. 얼마만인지 몰라요. 우리아버지 그렇게 웃으신 거… 눈가에 물기도 맺혔더군요. 그쪽은 내가 못하는 걸 참 많이 해요. 그래서 더 미웠나… 아니, 질투였겠죠.

강지아 우리 싸워야 하는 거 아닌가요?

박정인 왜요?

강지아 다들 그러잖아요. 30년 넘게 산 제 인생이 그게 상식이라고 말하네요.

박정인 예술하는 사람은 좀 다른 이야길 만들어 낼 줄 알았는데…

강지아 사과해야 되나요?

박정인 내 남자 가져요. 당신 준다구요. 걱정 말아요. 요즘은 수면제 없이도 잘 자요. 술도 필요 없구요. 그 사람 당신한테 못 가는 이유, 내가 말끔히 정리했어요.

강지아 사과해야겠네요.

박정인 그럴 거 없어요. 결혼이 십년이지 연애까지 하면 십오년… 지겨워질 시간이니까, 충분히… 징글징글한 시간이죠.

강지아 그래서 미안해요. 부탁을 못 들어줘서… 사랑한 적 없었다고는 말 못해요. 하지만 지금은… 그리고 앞으로도… 사랑할진… 제 손에서 그 사람의 체온이 지워졌어요. 끝난 거죠. 언제나 공연을 올리지만, 또 언제나 공연에 만족하지는 못해요. 그렇다고 이미 막이 내린 공연에 미련을 두진 않아요. 그게 제 원칙이죠.

박정인 연극에서나 나올 법한 인물로 아주 근사하게 끝내고 싶었는데, 그 기회조차 주질 않네요. (꽃다발을 지아에게 주며) 그래도 공연은 멋졌어요.

강지아 ……

박정인 받아요. 당신 주려고 준비한 거예요.

강지아, 꽃다발을 받는다.
박정인, 분장실로 간다.

6. 공연이 끝나고 며칠 뒤…

막이 내린 빈 무대.

모두가 모여 있다.

강지아   제 인생 최고의 무대였습니다. 덕분에 달게 한 숨 잘 자고 일어난 기분입니다. 감사합니다.

민복자   대사가 생각나지 않을까봐 애 먹었어.

박기출   연극하면서 모처럼 쓸모 있는 인간이라는 생각을 했는데… 아쉽구만.

하대수   인연이면 또 만나지겠지요.

여순례   어째, 인사 나누기가 싫네요.

강지아   다시 공연하자고 하면 하시겠어요?

이경식   하게? 나는 좋은데…

강지아   초청이 들어 왔어요. 암병동 환자들을 위해서 공연을 해 달래요.

황옥진   돈 다 떨어졌어.

강지아   초청이라니까요. 돈 받고 하는 거예요.

황옥진   더는 못해. 알잖아.

강지아   아직은 살아계시잖아요. 살아있는 동안은 하시라고요.

황옥진   축제는 끝났어. 돌아갈 자리로 돌아가야지. 왜들 서성이고 있어요. 엽서는 쓸게요. 편지는 늙어선지 팔이 아파서…

강지아　삶이 절망이어도 선물은 받을 수 있다면서요.

황옥진　……

강지아　여러분이 저한텐 선물이세요.

이경식　추억은 시간이 주는 선물인데… 하나쯤 더 만드는 것도 괜찮지 않을까.

민복자　심심할 때마다 하나씩 꺼내 보고 좋겠네. 군것질하듯이…

황옥진　글쎄, 그게… 식구들 앞에서 하는 거랑 같겠냐고. 늙어 망신살도 찾아다닐까.

김구력, 민복자, 하대수, 여순례, 이경식, 박기출이 황옥진의 시선을 피하듯 하나 둘씩 일어나 나가며…

하대수　관객은 우리가 걸어 온 인생을 아는 사람들이지. 거짓말이 통하질 않아.

민복자　어떻게든 해야지. 사람들이 기다린다는데…

이경식　우는 거, 기도하는 거 말고 할 것도 없어요.

김구력　죽는 것도 있지.

여순례　그 얘긴 빼는 게 더 낫겠네요.

박기출　내일 연습 시간에 늦지들 말라구…

그들의 웃음소리를 뒤로 하고 강지아와 황옥진만 남았다.

강지아 혼내시면 혼나죠, 뭐.

황옥진 더는 연극 안 해. 그럴 맘도 이유도 없어.

강지아 손태준씨란 분한테 아프시다는 얘기했어요.

황옥진 솔직한 건 포장이고 생각이 없는 거지, 너?

강지아 그러지 않았음 이거 못 받아 냈어요. (종이를 내밀며) 혼자 가시기 먼 길이다 싶으심 같이 가자 하셔도 되요.

황옥진 (종이를 읽고는) 내 죽음 팔아. 그 사람 묻힌 곳 알아낸 거야?

강지아 몇 번 말 넣었는데 안 먹히는 걸 어째요. 강한 걸 찾다 보니까…

황옥진 좋은 친구를 둔 덕이라 해야겠지.

강지아 (그제사 웃으며) 나이는 좀 어려도 말동무로는 꽤 쓸모 있을 걸요.

황옥진 불안이 우리의 사랑을 깊게 만들었는지 몰라. 서로 결혼한 상태였으니까. 누가 봐도 위험한 사랑이었지. 세상이 허락하지 않을 만 했어.

강지아 한 여름 밤의 꿈같은 그 시절 덕에 사람을 배웠는걸요.

황옥진 늙은이들이랑 있더니 선생 다 됐구나.

강지아 책임지려는 게 아니에요. 이게 저라서… 저니까.

황옥진 … 몇 시부터 연습이야? 몇 시까지 연습실로 갈까?

강지아 다녀오세요. 기다리고 있을게요.

강지아, 나간다.

황옥진, 가슴에서 사진을 꺼내면 영상이 무대에 비친다.

황옥진 내가 좋아하는 건 하나씩, 하나씩 사라져가요. 봄날도 짧아지고, 여름은 낮잠을 즐기기엔 너무 뜨겁고, 더워서 싫고, 당신과 헤어진 계절이라 싫고… 올해 가을은 비가 너무 내렸어요. 마치 장마처럼… (뺨을 타고 흐르는 눈물) 늙으니까 눈물도 내 말을 안 듣네요. 당신 덕에 좋은 꿈 꿨어요. 내 인생의 여름날 당신이 있어서 고마웠어요. 곧 당신 보러 가겠네요. 꿈꾸듯이…

왈츠곡이 흐르면서

황옥진 돌아서면 무대 막이 열리면서 빈 객석이 보인다.

그 모습에서

무대 막 내린다.

한국 희곡 명작선 03

인생 오후 그리고 꿈

초판 1쇄 인쇄일   2019년 1월 16일
초판 1쇄 발행일   2019년 1월 25일

지 은 이   김수미
만 든 이   이정옥
만 든 곳   평민사
          서울시 은평구 수색로 340 [202호]
          전화: (02) 375-8571(代)
          팩스: (02) 375-8573
          http://blog.naver.com/pyung1976
          이메일 pyung1976@naver.com
등록번호   제251-2015-000102호
 정 가   6,000원

※ 이 책은 사단법인 한국극작가협회가 한국문화예술위
   2019년 제2회 극작엑스포 지원금을 받아 출간하였습니다.